KB076935

마음성장 그림 에세이

깨달은 고양이

신현림 글·그림

사과
꽃

_____ 님께

함께 있어 참 좋습니다
늘 고맙습니다

_____ 드림

작고 확실한 행복은 내 거야

가슴을 뜨겁게 하는 이 밤에도 저마다 살아남으려는 노력들이 눈물겹다. 신문 배달을 위해 신문을 추리는 아저씨, 폐지 싣고 리어카를 끄는 할머니, 새벽 1시까지 문 열고 슈퍼아저씨는 손님을 기다리고 있었다. 실업자가 늘고, 문 닫는 가게들이 늘었다. 산책하다가 문 닫은 단골 카페 앞에서 눈시울이 뜨거워진 채 멍하니 나는 섰다. 그리고는 경제가 힘들수록 더 값진 삶이 무엇일까에 대해 생각했다. 또한 행복이 무엇일까를 거듭 생각했다.

요즘 떠도는 유행어 '소확행', '소사행'이 몹시 와닿았다.

소확행의 유래는 1986년 일본 소설가 무라카미 하루키가 쓴 수필집 『랑게르한스섬의 오후(ランゲルハンス島の午後)』에 나오는 신조어로 요즘 젊은 친구들 사이에서 떠도는 유행어다. 아주 오래전부터 사람이 원하는 꿈과 기쁨은 그리 거창하지 않다. 모처럼 부는 밤의 시원한 바람, 고양이나 강아지의 이쁜 표정, 그리고 빛나는 동영상 하나. 따스한 커피 한 잔에 사람들은 기뻐한다. 그만큼

취직도 연애와 결혼도 힘든 현실에서 손에 확실하게 잡히는 행복감은 중요하다. 대체로 다 비슷하리라 생각된다. 나의 지나온 삶도 소확행이었다. 지금도 작고 확실한 행복인 '소확행'을 꿈꾸며 이쁜 고양이 책 한 권을 준비했다.

인생은 저마다 먹고살기 위한 눈물겨운 투쟁으로 이어진다. 끊임없이 아프고, 사랑하며, 헤매면서 조금씩 더 단단하고 아름다운 나를 만나게 된다. 그리고 나는 나로 끝나는 것이 아니며 남과 이어져야 나인 것을 깨닫는다. 그 긴 깨달음을 얻기까지 우리는 얼마나 홀로 앓고 끊임없이 무너지고 일어나는 과정을 거쳐야 하는지 모른다. 그래서 무얼 하든 내가 누구인지 알면 확실히 삶은 덜 힘들다.

무엇에도 지지 않는 지혜로운 고양이는 내가 꿈꾸는 사람들의 의인화다. 작은 집조차 가질 수 없어 결혼 포기, 출산 포기를 할 만치 한국은 인구절벽이라는 위험한 시대를 맞고 있다. 그래서 이 힘든 삶을 겪는 청소년과 젊은이들, 새롭게 다시 태어나려는 중장년들, 노년들까지 뜨거운 응원과 격려가 너무나 절실한 시대다. 이런 절박한 위기 속에서 작고 확실한 행복, 이라는 요즘 유행어 "소확행"을 바탕으로 어떻게 값진 삶을 살까에 대한 고민과 해법을 찾아보았다. 내가 직접 그린 고양이 그림과 함께. 고양이를 통해 모두가 앓는 현실 고민과 깨달음, 그리고 위로, 연민과 사랑, 지혜를 구했다.

10여 년 동안 저 먼 그리스와 실크로드, 동구 유럽 등 먼 여행길에서 그리고 우리 동네에서 찍은 고양이 사진들을 모아보니 꽤 많았다. 세계 고양이 사진으로 편집을 마쳤다가 나는 한참 망설였다. 그림으로 바꿔야 된단 생각 때문이었다. 이것이 얼마나 큰 정성과 시간이 필요한지 알기 때문이었다. 큰 맘 먹고 십여 년 만에 종이와 물감 붓을 사서 그림을 그렸다. 누군가 어떻게 그림까지 그리느냐고 놀래 묻던 분께 이렇게 말했다. "원하던 대학 서양화과를 2번 낙방 후 디자인과 잠시 다녔지만, 실패를 겪고 아팠던 20년이 있어요. 그 아픔은 앓음이고, 앓으면서 하염없이 탐구했으니 피어나야지요." 대학원서 사진 전공하며 그 아픔은 사라졌으나, 그래도 자유로운 건 그림이란 생각이다. 짧은 시간 내 100컷 정도 고양이 그림을 그렸고, 사진과 혼합재료로 작업해 골랐다. 내게 없는 이미지는 동영상에서 참고했다. 영혼개발서라 할 이 에세이 쓰기는 시쓰기와 다른 또 다른 매력이 있었다. 이 책을 준비할 때 나와 같은 서민들과 젊은 친구들에게 어떤 위로와 지혜가 좋을까 참 많이 생각했다. 삶은 어쨌든 겸손과 비움이 나를 구한다는 것. 일종의 달관일지 모르나 작고 확실한 행복의 바탕임을 어필하고 싶었다.

　"겸손은 주눅 든다는 것과는 달라서 용기를 잃지 않아요.

　최선을 다한 후 하느님께 모든 걸 맡겨요."

선선한 바람 속에서 어쩌다 고양이를 바라보는 느낌은 부드럽고 기묘하다. 고양이가 기묘하게 이뻐도 나는 마구 쓰다듬거나 이 뻐하진 못한다. 정주는 일은 책임이 따르기 때문이다. 고양이를 좋아하나, 내겐 균형감이 중요했다. 더군다나 의인화는 더 그렇 다. 이 책을 만드는데, 오래 전 고양이와 개에 대한 글로 책 만든 경험과 우리 가족의 동물사랑도 힘이 되었다. 나의 언니는 집안 에서 유기견 2마리를 키우고, 아파트에서 고양이들에게 밥 주는 캣맘이다. 나의 올케는 유기견 여섯 마리를 키운다. 나의 가족과 세상의 많은 이들의 동물 사랑에 아낌없는 응원을 보낸다. 특히 BTS에 열광하는 17세 소녀 나의 딸 서윤이와 같은 입시에 시달 리는 소녀들을 위해 영혼의 자기개발서인 이 책으로 무한 응원과 격려를 보낸다. 어떤 슬픔, 어떤 괴로움, 고단함도 넘어서는 바람 속에서 사랑하는 하느님께 감사기도를 드린다.

　　　　　　　　　　　　　　　　의왕을 바라보며, 서촌에서

　　　　　　　　　　　　　　　　2018. 신현림

깨달은 고양이

신현림

어느 틈엔가
나는 슬퍼서 커다란 고양이가 되어
푸르디 푸른 바다를 바라보고 있었다

푸른 바다를 굽어보며
몸은 저금통보다 따스해졌다

내 저금을 나눠주고픈
가난한 이들이 너무나 많고
빚도 많아 매일 야근을 해도
뜨거운 일은 시원해지지 않아

돈이 푸르른 바다가 아닌데,
바라볼수록 마음은 쓸쓸해져
하늘 가까이 날아올랐다

어느 틈엔가
나는 큰 저금통이 될 거 같아
꿈의 지붕 위를 마구 뛰어다녔다

1부 깨달아가는 고양이

2부 이제부터 덤이야

깨달아가는 고양이

가치로운 삶을 살고픈 나

나를 알고 싶은 나

나 자신을 잘 알고 싶어
나에 대해 하나씩 깨달아가는 것
이것이 모든 철학의 시작이고
잘 살 수 있는 뿌리야

나약한 나

여름태양에 지치고
겨울바람에 지치고
일이 없어도 지치고
일이 많아도
행주처럼 지친다
어느 쓸쓸한 날
죽을 듯이 쓸쓸한
나를 바라본다

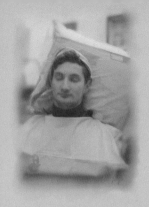

위로받고 싶은 나

잠을 잘 못자
베개까지 따라와 도와주네요
저 사람도 나처럼 모자르고
바보같아 보여 안심이 돼요
늘 나와 같은 사람을 찾으며
위로를 받고 싶어하는 나를 느껴요

그래도

늘 깨어 살고 배우려는 마음이

인생의 알맹이를 발견하고

놀랍고 색다른 곳으로 가고 있어요

스트레스가 많은 나

단순하게 살면
덜 힘들고
계속 나아가고
새로 시작하기 쉬울텐데
마음대로 되지 않아요

가진 게 하나 더 늘면
지키느라 고달프고
스트레스도 많아요
내 일은 내가 알아서 할테니

너나 잘 하세요

지혜롭고 싶은 나

야단치거나 화내서 그동안 쌓아온 걸 무너뜨려선 안돼요
약한 자신을 인정하기 싫어 공격적이 되었군요
뜻하지 않게 말이 엉키고, 말은 현실이 되기도 하니
흰구름 지나가듯 그냥 내버려두세요
사랑하는 이도 자기에 맞게
뜯어고치려 하면 싸움박질이 시작되요
바꿀 수 없다면 그냥 냅두고
맞춰가요 그래서 나는
비틀즈의 렛잇비를 자주 따라서 불러요

나무를 심고 싶은 나

저도 그냥 숲속에 놔두세요
피스톤 칠드-
숲의 나무나 식물이
몸을 보호하기 위해 스스로 내는 물질이래요
자율신경에는 안정감을,
스트레스는 풀어주고,
깊은 잠을 주고 공기를 맑게 해준다니
나무를 심으려는 건
생각이 내일을 열어가듯
나의 내일은 여기서 시작되니까요

같이 나무 심을래요?

부자가 되고 싶은 나

단단한 나를 갖고 싶다면 나를 알고
사랑을 갖고 싶다면 사랑법을 공부하고
돈을 벌고 싶다면 돈을 알아야 됨을 깨달았어요
빚지지 말 것이며, 종자돈마련이 필수며
행운은 준비한 자에게만 온다는 뜻이겠죠
경제적으로 잔인한 이 시대에
집값폭등으로 무주택자인
서민들의 불안감을
정치가들은 뼈아프게 느낄까요
내일의 중심인 우리 세대는
내 집 마련과 결혼, 출산을 포기하고
공부와 취미생활, 작고 확실한 행복이나 꿈꿉니다
할 수 없이 억지 달관세대達觀世代라 할까요

숙박공유 서비스업체의 대명사인
에어비앤비가 크게 늘어 서울 아파트값을 더 올린다죠
바르셀로나, 퀘백 등 전세계적인 모습이며

베를린에서는 벌금부과할 정도래요
다시말해 도시민박업은
전문임대업자들이 여러 채 가진 건데,
얘길 듣다 보니 맥빠지고,
잘못 산 거 같아 슬퍼집니다

저마다 치열하게 산다

어른이 되고 싶지 않아
어른이 되는 건
우리가 영원히 살지 못하는 걸 아는 일이야

그래서
천천히 나이 먹기로 했어요
언제나 젊은 모습일 수는 없어도
젊게 살 수는 있어요
얼굴이 조금씩 낡아가고
좋게 바뀌면서
행복해지려고
치열하게 사는 것이겠죠
그런데
그 행복은 어떻게 가질 수 있을까

걱정만 할 게 아니라
무조건 움직이는 게 답이겠죠

깨어 사는 감각으로
놀라운 인생을 맛보고 싶어

한쪽으로 치우침 없이 보고 느끼고
깨어 사는 감각으로
놀라운 인생을 맛보고 싶어
아름다움에 가슴 떨리도록
매일 사랑을 느끼고
편안한 바다를 볼 때처럼
평화와 기쁨을 느끼고 싶어
나누고 싶어
누군가
좋아하는 누군가

낭떠러지만 보이는 나

가장 값진 삶을 살고픈 나

인생이 뭘까
어떡하면 경제가 나아질까요
물론 부자되는 법도 알아요
근검절약, 리스크가 있더라도 재투자하고
독서… 등 자아개발이 필수라는 것쯤은 알아
이 지식도 집값 폭등 앞에 무너집니다

나에게 시간이 얼마나 남았을까
어떻게 살아야 행복할까
무엇이 가장 값진 삶일까
나는 시간을 잘 쓰고 있는 걸까
어떻게 늙어가야 할까
도대체
나는 누굴까

꼭 죽고 싶은 건 아닌데,
꼭 살고픈 것도 아냐

비참할만큼 괴롭고 어둠에 빠진
나를 지금 받아들이기 힘들어
내가 참 싫어
'자기 혐오'에 우울증까지 생겨
꼭 죽고 싶은 건 아닌데
꼭 살고픈 것도 아니야
첩첩 산중에서
먹고 살 일로 제대로 살고
사랑하기 위해
고민하고 있어요

죽으려는 때 떠오르는 것들

분노나 질투, 적대적 감정을 어떻게 다스릴까요
모든 것을 그만 두고 싶을 때는요
아예 지구에서 꺼져버리고 싶을 때는요

죽으려는 이때

아직 못받은 책
잔뜩 어지러진 방, 갚아야 할 돈
책상위에 먹다 남은 빵과 커피
미처 치우지 못한 것들
이런 소소한 것들이
머릿속에 떠오르는 건 뭔지

지금도 한심하고
그동안 해온 모든 것들이
한심하게 느껴졌어요
점점 작아지는 나를 어떡해요
누가 격려해주면 좋겠어요

가진 자만 더 가지는 미친 세상에서

물가는 오르고, 세금은 늘고
집값 폭등인 이 미친 세상에서
무주택자인 저는 어떡해야 하나요
가만히 있어도 되나요

가진 자만 더 가지는 미친 세상에서
아무리 노력해도 낭떠러지만 보입니다
새끼 낳기는커녕 연애할 마음도 안생겨요
멀리 보지 못한 어리석음에
낭떠러지만 보입니다
유비무환의 정신으로
2년 정도 미리 내일 준비를 해야 하는데

사람이 먹을 고기를 위해
소 키우려 밀림을 밀어버린 세상이나
쓸데없는 집안 살림도 많듯이
없어도 될 건물정리가 안된 서울이나

풍경은 국민의 인격을 보여주는데
원시의 풍경이야말로
진짜 관광재산인 걸 모르고
생각없이 산과 들을 파헤치기도 합니다
이거 제 정신으로 사는 건지
묻고 싶어요

조금 더 남 다르게

울화증에 걸릴만치 세상이 마음에 안들어
울화증이 감옥을 만드네
그래서 플라톤이 육체를 감옥이라 말했나

상처받고 아프고 낙담한들
뭐가 달라지나요
훌훌 털고 나아갈 밖에요
남 타령할 시간에
조금 더 남다르게 하나라도
더 탐구하고 열심히 한다면
일하고 돈 벌 기회가 끝없이 이어질까요

그래도 불행보다 기쁨을 세고 싶어

매일 녹초야 밥할 기운도 없어요
이럴 땐 혼자 사는 게 참 힘들어
앞으로 어떻게 살아
통장잔고도 얼마 안되는데,
싱글에 가난뱅이 주제에
슬퍼하던 오랜 시간이 있었어

뭐 하나 편치 않던 옛날이 있기에
지금과 내일이 있는 것인데
매일 불행을 세던 나를 바꾸고 싶어
그래도 불행보다 기쁨을 세고 싶어

울먹이고 휘청이면서 서룰어요

저 양처럼 나도 울먹이고 휘청이면서 서룰러요
시간은 걸리지만
다시 힘내려고 마음속에서 중얼거려요

힘내는 만큼 길이 보인다
힘내고 내일을 준비하는 만큼 산다
힘내는 뜨거움이
길을 내고 축복을 불러 온다

소확행을 위하여

모든 불안의 답은 내 안에 있어

어렵거나 외롭거나 자신의 처지를 받아들이려 애씁니다
모든 불안의 답은 내 안에 있어요
뭐든 쉽게 얻은 건 쉽게 잃어버립니다
뭐든 쉽게 만든 작품은 거들떠도 안봅니다
쉬운만큼 쉽게 싫증이 날 수 있어요
행복의 조건은 인생 문제마다
어떻게 마주하고 움직이느냐에 따라 달라지겠죠

인생을 쉽게 살려고 한 적은 한 번도 없는데
조금 가볍고 싶어요

단순하고 힘찬 용기로 내 밖으로 나가기

밖으로 어떻게 나가지
내 밖으로 나가야 클텐데
밖으로 나가는 게 무서워
잘 해낼 자신도 없고요

두려움이 커지면
몸에 나쁜 생각, 감정,
충동이 일어나고 금세 늙어진다니
여기서 궂은 일 마다 않고
뛰어드는 용기가 절실합니다
단순하고 힘찬 용기로

이제 약해빠진 내가 아니야

햇빛도, 바람도, 어둠까지
뭐든
가슴 속 깊이 울리게 기지개도 켜고
스트래칭으로 단단해진 몸매 하며
노을에 흠뻑 물든 피부하며
이제 약해빠진 내가 아니에요
메모라도 않하면 그날은 없듯이
나를 돌아보고 성찰하고 탐구하는 데
책읽기는 필수예요 자신을 발견하고
과거에 지지 않을 현재를 만들어가요
결심해서 나아가면 하나씩 달라져요

아침마다 깨어나게 하는 것

무엇이 아침마다 힘차게 일어나게 할까요?
배우기 위해, 새끼를 키우려고,
사랑하는 이와 소중한 순간을 나누려고,
음악 들으며 커피를 마시고 싶어서
살아있음을 흠뻑 느끼고 싶어서

겸손이 나를 구한다

따사로운 햇빛에 온몸 물들이면
저는 낮아집니다
힘들고 어려운 일이 닥쳐도
낮아지는 겸손이
나 스스로를 구한다는 건 알아요

얼마든 활기차고
흥미진진하고, 정직하게
남을 위한 내가 될 수 있어요
구제불능인 나도
많이 좋아졌거든요
겸손은 주눅드는 것과는 달라서
용기를 잃지 않아요
유신론자인 저는
최선을 다한 후
하느님께 모든 걸 맡겨요

감사 노트

기쁨 일기장을 쓰고 싶어
감사 노트에 또박또박
감사할 일 쓰다보면
인생길이
비단같이 곱게 펼쳐지겠지
사과 한 알을 먹는
아주 단순한 일에도
감탄하고, 감사하면
신비로움과 아름다움까지 가지지

여기서 긍정적인 마음들이
거절과 상처에 약한 게 문제예요
하지만 긍정 마인드는
뭐든 품으니까 잘 풀리게 되어요

나의 작고 확실한 행복

소확행

값진 삶에 대해 생각해봤어요
끝없이 보람을 찾고 있어요
진정한 보람은 선한 믿음과 행동에서 나온다는 걸 알아요

기쁜 몸이 날아오르는 순간을 꿈꿉니다
꿈꾸는 기쁨은 거창하지 않아요
손에 쥘 수 있고, 눈에 보이는
확실한 기쁨을 꿈꿉니다
그래요 소확행입니다
나의 소확행은 무얼까 생각해요
바람불 때,먼 도시풍경을 볼 때
누군가와 함께 달릴 때
BTS 아이돌 동영상에 격하게 감동할 때,
아리랑을 부르거나 바하를 듣고 안심할 때
잃어버린 노트를 되찾을 때,

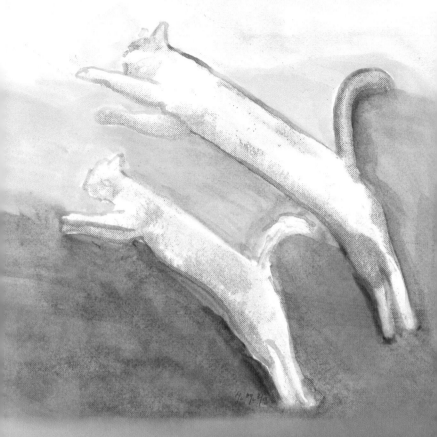

친구에게 선물할 때
한 잔의 커피를 천천히 음미하고 마실 때,
내게 오는 누군가의 구름같이 폭신한 미소
아하, 눈에 보이지 않는 것들이 보이는
이 찬란한 기쁨까지

손에 확실히 잡히는 사랑이 필요해

좋은 관계는 서로 배우면서 성장해

아무도 없으면 쓸쓸해
저 두 개의 양초는 몹시 따스해 보인다
혼자보다는 둘이 나은 거 같아
혼자가 아니라서
신나고 혼자가 아니라서 부딪치고
피곤할 때가 있는 거야 화해를 하면
우정이 더 단단해져
그렇지 않으면 서로 멀어지겠지
어쨌든 혼자가 싫으면 맞춰가야 해
인생에서 가장 중요한 건
사이잖아 사이좋은 우리 사이

좋은 관계는 서로 배우면서 성장한다

자세가 기회를 만든다

혼자 고고한 척하며 살다가
고독사 할지도 모르지만,
나는 여자가 좋아
여자에게 잘 보이고 싶어

우린 더 많은 사랑이 필요해
이성의 사랑만이 아니라
우리 자신과
서로의 사랑이 필요해
사랑의 따스함으로 오는
모든 이들을
기쁘게 맞고 싶어

인생은 셀 수 없이 무너지고 일어서는 일

나도 모르게 도로로 뛰어들었어요
누가 나를 불러줬으면 좋겠어요
하지만 아무도 나를 부르지 않았어요
나를 일으켜세우는 건 나 뿐이구나, 슬퍼했어요
그만 슬퍼하자

그래도 지금 나는 살아있잖아
어둠이 부드럽게 나를 감싸안는 밤이야
생각을 바꾸자고 중얼거렸어요
인생은 셀 수 없는 거절과 극복을 오갑니다
인생은 셀 수 없이 무너지고 일어서는 일입니다

외로운 건 함께 있는 따스함을 알아서야

뭔지 모르게 두려워요
내가 앞으로 잘 해나갈 수 있을까
불안하고 상황이 바뀌길 바라면서
바뀌는 게 두렵구요

인생은 늘 생각대로 되지 않지만
포기하기엔 아직 일러
혼자가 두렵고
외로운 건 함께 있는 따스함을 알아서야
그 따스함은 카스테라처럼 폭신폭신하고
달처럼 말랑말랑한 거야
얼마나 맛있는지 몰라

연애의 성공확률 10%라는 건
거의 차인다는 거예요
헤어지면 더 좋은 분 만나는 거니
염려하지 말아요

그래도 혼자일 때 가장 많은 것을 이루니까
최고를 꿈꾸고 행복하려면 먼저
고독감을 이길 줄 알아야 해
다 잘 이겨내볼래

아무 걱정 없는 시간

아무 걱정 없는 시간

조금씩 나아간다
조금 더 나는 너에게
가까이 다가간 걸까
안심할 수 있게 좋아한다고 말해줘
너와 친해지고 싶어
너와 함께 있고 싶어
힘들 때도 있겠지
그래도
함께 기쁜 시간을 만들고 싶어

조금은 노곤한 저녁이고,

배도 부르고,

너와 있고,

참으로 아무 걱정 없는 시간이다

모처럼만에

모처럼만에 함께 있으니 참 좋다
함께 좋은 시간을 만들자
말로 전할 수 없는 정情을
바람과 풀과 햇빛으로
서로 느끼고 받아들인다

이 모두 선물임을 깨닫는다
하루 하루는
신의 새로운 선물임을

행복이란 심플해

행복이란 심플해
좋아하는 이와 같이 있고 같이 시간 보내고,
같이 탐구하고, 같이 웃고, 뛰노는 것
세상 평화를 위해 기도하는 것
혼자 있을 때는 성장하고,
같이 있을 때 아낌없이 사랑하는 것

다툼과 시련

모든 사실을 인정하면 자존감도 커지는데
연애 내공이 모자라는 내게
다툼은
너무 힘든 시련이야
헤어지면 더 힘들겠지
다툼으로 실망도 하면서 친해지는 과정이겠지

어떻게 할까
죽고 싶을 만치 우울했는데,
그때 올려다본 하늘이 너무 맑고,
떨어지는 벚꽃잎은 눈부시게 아름다웠어

나를 성장시켜주는 것들

시간이 걸려도 친해지면 기다린 보람이 있어요
기다림은 우리의 숙명이기에
때론 편히 생각하고,
할 일 하며 기다리는 길 밖에 없어요
연애는 나를 크게 만들고
나를 성장시키는 깊은 우정을 위해
함께 할 일들을 가지면 더 좋겠지
만날 때마다 어떤 도움을 줄까 생각하고
솔직하고, 독점하려들지 말고, 귀 기울이면
우정은 평생 갈 거예요

깊이 사랑하고 사랑받는 존재로 살아가고 싶어요
고마워, 미안해, 사랑해, 란 말하면서
살았을 때 나누고 상대에게 필요한
가장 소중한 것들을 주면서

행복은 지금 여기에

당신 옆에서 자는 것만으로 따스해
바라보기만 해도 떨려
서로 기대는 사랑
서로 돌봐주고 배려하는 사랑
행복은 지금 여기에 있어
이 기쁨이 평생 이어지길 나는 기도해
나는 언제나 당신을 위해
뭐든 해주고 싶어

행복한 유년기는
자기 존중과 안도감속에 행복한 노년까지 이어지니까
우리 아가들에게 행복한 추억을 가득 안겨줍시다

사랑이란 함께 구멍을 파는 일

사랑은 이렇게 함께 구멍을 파는 거 아닐까요
조금 지쳐도
구멍 속에 빨간 해도 넣고 별과 달도 넣고
물과 쌀, 그리고 꿈은 절대 빠드리지 말고
물론 꿈이 없어도 괜찮아
꿈은 있어도 없어도
스스로 넉넉하고 편안하면 되지 않을까

조금씩 좋은 쪽으로 흘러가고 있어

기분 문제

세상 문제는 내 맘대로 안되고
내 문제는 내가 만들 때가 많아
만족할 수 없는 내 마음
이렇게 마분지 상자에, 유리어항에 들어가면
내 자신이 꽉 찬다 이걸
사람들은 고양이 액체설, 로 얘기하지만
몸에 꼭 끼는 기분이 좋아
무주택자 고양이만의 불행한 기분이 사라지거든
많이 갖든, 적게 갖든 기분 문제같아
일종의 심리 말야

바쁘게 움직여 봐
잠이 안온다고 누워만 있지마
그저 바쁘게 움직이는 거야
움직이다 보면
잡념은 지워져

잃은 게 많아도 가슴이
꽉 찬 기분으로 바꿀 줄만 안다면
만사 오케
나만 슬프고 나만 힘든 기분도
작고 확실한 행복으로 바꿀 지혜만 있다면
만사 오케

언제나 저마다 부러워하고 저마다 가진 걸 원한다

조금씩 좋은 쪽으로 흘러가리라 믿고

서로 윈윈하며 가면 되겠지

필요 이상 많이 가져 봤자야

내 것도 아닌데 괜히 뺏아왔어
불로소득은 다 나눠야 하는데,
나누기는커녕 남의 것을 약탈하다니,
후회하는 원숭이가 밉지 않아
남 탓을 하며 슬그머니 빠져나가는 악마보다 낫지
필요 이상 많이 가져 봤자야
지키는 게 얼마나 힘든데
나누지 않고 혼자 꿀꺽하며 살진 않을 테야

나만의 자리를 찾아내는 지혜

어디든 나만의 자리를 찾아내는 지혜는 있어요
술이 몸에 넘치면 늘 문제가 생겨요 뉴스를 봐요
술마시고 사고쳐서 얼마나 쉽게 죽는지

아무 데서 잠자도 안되요
이건 남녀평등의 문제가 아닌
생존의 문제죠

나는 노숙자니까
아무도 관심을 안 가지니까 괜찮아요

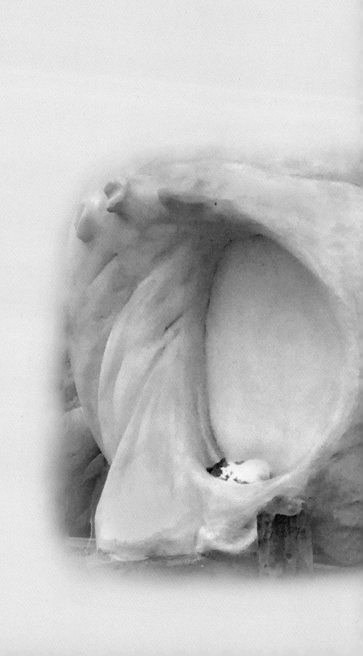

퇴근하면

집에 달콤한 것들이 가득해
달콤한 걸 보면 난 웃고, 행복해져
단 2시간이라도 편히 쉴 수 있어
난 내 힘으로 행복해질 거야
겨울이 오거나 봄이 오거나
책을 보다 그녀 옆에서
잠드는 것만으로 편안해
내 인생의 가장 큰 선물은 그녀야
날이 갈수록 우리 사이는 점점 좋아져

퇴근하고 싶어

커플들을 보면 부러워
언제까지 혼자여야 하지
우울해하면 나는 조금씩 흐려진다

고뇌에 찬 젊은 인생에서
가장 혁명적인 인생반전은
온정 넘치는 우정과
마음 넓은 짝꿍을 만나는 거라니까

비가 오거나 바람 불거나
혼자서도 조금씩 좋은 쪽으로
애쓰니까
잘 될 거야

용서하고 신나게 춤추는 거야

자기 잘못을 빨리 솔직히 인정할 줄 안다면
적어도 미움은 받지 않아
잘못을 솔직히 고백하는 건
겸손하고 현명한 거야
용서는 너와 나를 다 구하는 일이야

다 잊고 신나게 놀자구 하네
BTS의 아이돌에 맞춰 흥얼대고
춤추는 건 가슴을 뜨겁게 해
언제 우리가 다퉜냐는 듯
태연한 모습도 감미로와
온 눈을 활짝 뜨면
세상도 달리 보일 것 같아

느긋한 여행

집에만 있으면 답답하고,
기분을 바꾸고 싶어 길을
나서기만 해도 여행이에요
파워 워킹도
산책도 여행이죠
여행은 잠자던 감각을 일깨우고
인생에 신선한 뜨거움과
빛을 불어넣습니다
가는 길에 만난 나무 하나
산과 들, 돌 하나 꽃 한 송이
다 기쁘고 애틋해라

가만가만 바라보면 이렇게 평화롭다니
느긋한 여유는 보는 이를
얼마나 편안하게 해주는데요

슬픔을 감싸는 것들

매일 코디도 잘 하면
구두가 내 슬픔을 감싸네
어디도 못가본 곳을 스르르 가네
케이티엑스보다 편안히
스르르 가는 신발을 신은
모조,는 행복하다

빛을 보면 빛이 오고
하늘을 보면 하늘같이 푸르르다
인생이 꼭 행복해야만 한다는
강박에서 벗어나니 편하다
이 편안함이 행복이 아닐까

구두 하나, 옷 하나로
매력 하나 더 입고
생각지 않은 행운이 밀려온다

비가 내리는 이유

비가 내린다
이기적인 마음을 씻어내라고
하늘에서 목욕물을 내려주신다
목욕비도 안드는데
저마다 비를 피해간다

자기 밖에 못볼 때가 많아
우리는 맨날
외롭고 힘든 건지도 모른다

겨울이 온다

눈이 내린다
먹고 사는 게 다가 아니라고
눈이 내리고

하얗게 될 때까지
자신을 돌아보라고
죽고싶은 이는
다시 시작하라고

겨울은 온다

고마워하면 고마운 일이 생기고

고마워하면 고마운 일이 생기고
웃으면 웃는 일이 생긴다
웃지 않으면 슬퍼보이니
표정을 밝게
밝은 빛을 키웠으니
지금처럼만 한다면 좋겠어

이미 잃은 것은 포기하고
새 빛을 찾아간다
이미 시작했기에
이대로 주의 깊게
잘 살펴
잘 흘러갈 밖에 없다
그럼
내일 일도 괜찮을 거야

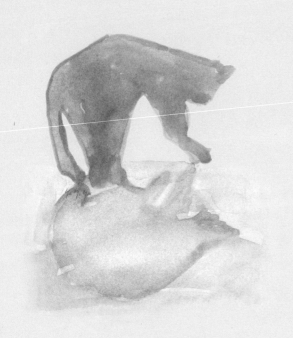

홀로 서는 힘

기왕 태어난 거 신나게 사는 게 낫잖아
내 안의 기쁨을 늘여갈 거야
나를 낮추니
훨씬 스스로 홀로 서는 힘이 생기네
다른 방식의 인생으로 펼쳐지네
보이지 않던 깊이가 보이는 이게
영적인 삶이라는 걸까

버려야 보이는 것들
버림으로 내 안에 고요한 쉴 곳이 생긴다
꼭 뭐가 갖고 싶다는 생각이 안드는 자리가
모든 어지러움을 없애고
없어질 것들이 없어져
종이 한 장같이 얇고 가쁜한 상태
이 깊은 삶을 향한 발길은 다음에 살피기

수건처럼 떨어진
내 그림자와 놀기
와, 신난다

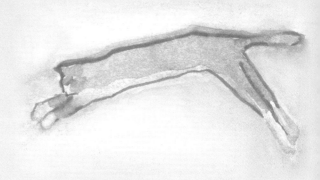

당연한 것은 당연하지 않아

만사 지치고 힘들어지면 다 접고 누워
여유롭게 보낼 줄도 알아요
섹시하다는 칭찬이 달콤하고 고마워요
이렇게 자유롭고 따뜻하고 기분이 좋을까
꿀물같은 햇살에 녹아내리는 기분
공기와 물 바람, 하늘
이 당연하게 여긴 것들이
당연한 게 아님을 깨달으니
인생이 얼마나 경이로운지 몰라

당신의 격려

나다운 내가 되고 있어요

서로 잘 이어지지 않으면
따스한 삶과 기쁨이 없습니다
서로 격려하고
윈윈하는 게 중요해요
당신의 격려로 천천히
저다운 제가 되고 있어요
이제 울지도 않고, 두렵지도 않아요
이대로 곁에 있어 주세요
저도 잘 할 게요

무라카미 하루끼 고양이

무라카미 하루끼 고양이가
나에게 하루키의 말을 전하고 있네요

누군가에게 이유없없거나 이유있는 험담을 듣고 상처입더라도
"아, 잘 됐어 칭찬받지 않아서 다행인 걸 하하하"
하고 넘겨보시길, 물론 좀체로 쉽지 않지만

좋은 때가 오네

어느 슬픈 날, 인스타그램에서 발견한
신현림의 신작시 "좋은 때가 오네"를
친구들에게 읊어주었어
좋은 때를 기다리던 친구들은
고개를 돌리고 울고 말았어
격려가 되었다며

좋은 때가 오네 슬퍼하지 말게
버틸 수 없이 몸은 힘들고
하루는 연기같이 스러져도
먹구름 속에 숨은 비를 보고
밤에 가린 해를 보고
해에 가린 달을 보면
그대 안에 봄꽃이 쏟아지니
일만 하다 부서지는 쟁기라도
쓸쓸해서 무너지는 언덕이라도

좋은 때가 오네 꼭 오네

먹고 사는 지혜메모를 벽에 붙여놨어

좋은 때는 꾸준히 노력해야 오니까

나는 워렌 버핏의 지혜를

내 방식대로 응용정리메모-버핏의 말씀 식으로 해서 벽에 붙여놨

눈에서 멀어지면 마음도 멀어지니 머리에 새겨두고 싶어

워렌 버핏이 돈을 많이 벌어서가 아니라

남다른 그만의 삶의 지혜는 배우겠다는 거지

나는 평생 배울 거야

1. 근검 절약 – 작은 돈을 아껴야 큰 돈을 번다

2. 조기 경제교육 어릴 때 경제교육이 평생의 부를 결정한다

3. 변명은 병된다 – 우리 집은 가난하다고 변명하지 마라

4. 닥치는대로 독서 – 책과 신문 속에 부가 있다

5. 내 인생 롤모델 – 본받고 싶은 존경 모델 부자를 찾아라

6. 내실을 기해라 – 부는 알리는 것이 아니라 감추는 것이다

7. 시간 경영 – 시간을 아끼는 사람이 진짜 부자다

8. 정직이 생명 – 정직하게 번돈은 세상에서 가장 아름답다

9. 용기 – 고기를 잡으려면 물에 들어가야 한다

10. 돈을 잘쓰는 나눔 – 많이 버는 것보다 잘 쓰는 것이 더 중요하다

11. 자기 관리 – 남에게 관대하고 자기에게 엄격하라

12. 솔직해야 진짜 인간이다 – 솔직함보다 부유한 유산도 없다

13. 뜨거움을 잃지 마라 – 가슴에 정열을 품으면 부는 따라온다

14. 꾸준한 인내 – 부자는 끈기로 무장한 사람들이다

15. 우정에 공들이라 – 인생 최고의 투자는 친구이다

16. 즐겨라 – 자신의 일을 즐기면 부는 따라 온다

17. 나만의 현명한 원칙 남들과 다른 자신만의 원칙을 세워라

18. 나이들어도 젊음을 간직해라 – 젊다는 것이 가장 큰 자산이다

어쩌겠어 그래도 해야지

내 친구는 한 동안 저 책을 들고
다니며 사진 찍었어
SNS에 올려 홍보한다고
사랑한다고 사랑하고 싶다고 말하면서
간접홍보를 하면서 입이 다 부르텄더라구
무얼 해도 쉽지가 않지
자신을 알려야 사는 세상에 지칠 때도 있지만
어쩌겠어 그래도 해야지

나를 자라게 만드는 고통

어떤 경험이든 샘물과 같아요
그 샘물로 밥을 하고, 커피를 마시면
내게 유익해요 그처럼 경험은
나를 자라게 만들어요
고통스런 경험도 마찬가지겠죠

어떤 고통도 왜 이렇게 되었을까, 왜?
질문하면 원인 속에 답 열쇠가 보입니다
어쨌든 신께서는
고통으로 우리에게
견디는 힘과 지혜를 주시니까요

서로 진정 만나지 않으면 안돼

멋진 구름을 봤어
흩어진 구름과 구름이 이어져
꽃구름이 피어나듯
서로 진정 만나지 않으면 안돼
우리가 하는 모든 일은
관계가 결정하니까

처음에는 낯설어
위험하지 않은지 두리번거린다

시기와 질투로 시간 낭비하지 말고
남과 비교하지 말고
자신을 너무 심각하게 생각지 말고
지나간 과오는 용서를 하고
모든 건 순식간에 바뀌므로
마음은 늘 고무줄처럼
언제든 늘어날 준비를 할 거야
알았지 그래
죽으려들기보다
살아 숨쉬는 성장으로 갈래

우리의 숙명

온통 미세플라스틱가루 날리는 봄날이야
플라스틱도 보약삼아 잘 먹어야죠
플라스틱 자식을 낳을지도 몰라
매일 에코백 2개씩 갖고 다니니
집안에 비닐이 안 굴러다녀요
오랜만에 만난 친구들의 인사입니다

환경이 망가졌는데도 살아있으니 만나는군요
편리하게 산 댓가를 톡톡히 치룰 겁니다
우연히 자꾸 만날 바에야
서로 특별한 끈으로 이어가고 싶어요

조금 더 친절해져볼 테야
내게는 누군가를 행복하게
해줄 수 있는 힘이 있어
그 힘은
다시 나를 행복하게 해주고 있어

오늘은 가장 소중한 날

바라보는 곳마다 눈부시니,
살아있음은 얼마나 기쁘고 고마운지요
비오고 눈오거나, 바람불고 덥고 춥거나
꾸준히 자신을 바꿔가는 하늘과 구름
꾸준함이 바로 재능이라 생각해요

쓸데없는 것은 버리고
작고 확실한 행복을 누릴게요
나만의 패션과 식사 스타일로
나만의 댄싱곡과 국산 가요와 클래식 음악을 들으며
몰입과 열정으로 내 삶을 바꾸는 중이에요

너는 정말 훌륭해
너는 어떻게 생각하니?
고마워, 잊지 않을게
함께 밥먹자
이 따스한 말의 반복, 훈련이
나를 현명하고 사랑스런 사람으로 만드네요

새롭게 다시 태어날 시간은 넘친다

칸트는 57세에 '순수이성비판'을 발표했어요
미켈란젤로는 로마의 성 베드로 대성전의 돔을
70세에 완성했으며 베르디, 하이든, 헨델 등도 70을 넘어
불후의 명곡을 작곡했죠
괴테는 80세 넘어 『파우스트』를 완성했고,
윌 듀란트는 83세에 역사부문 퓰리처상을 탔대요

세계 위인 따위는 되고 싶지도 않고
무얼 꼭 하지 않더라도

새로 다시 태어날 시간은 넘칩니다
잘 해나갈 당신, 참 아름답습니다
응원하고, 사랑합니다

2부

이제부터 덤이야

고양이 명언

모든 고양이는 신의 걸작이다

레오나르도 다 빈치

인생에 고양이를 더하면 그 힘은 무한대가 된다

라이너 마리아 릴케

고양이 한 마리를 기르게 되면
또 한 마리를 기르게 된다

어니스트 헤밍웨이

개는 부르면 바로 온다
고양이는 메시지만 받고 나중에 오고 싶을 때 온다

메리 블라이

하나님께서 태초에 인간을 창조하셨으니
인간이 너무나 힘없이 있어서 그에게 고양이를 주셨다

워렌 엑스타인

144

외로운 심정은 털과 털, 피부와 피부,
또는 털과 피부가 맞닿음으로써 위로된다

폴 갈리코

고양이는 한 사람을 자기가 감당하기 힘들정도로 사랑한다
하지만 그들은 너무나 지혜로와서
그것을 밖으로 온전히 드러내지 않는다

메리 E. 윌킨스 프리맨

고양이는 우리에게 세상의 모든 일에 목적이
있는 게 아님을 가르쳐주고 싶어한다

개리슨 케일

이 세상에는 미적으로 완벽한 존재가 두 가지 있다
그것은 시계와 고양이다

에밀레 어거스트 샤르티에

가장 가슴에 와닿던 고양이 명구

당신은 고양이를 쓰다듬고 있다고 생각하지만
사실은 고양이를 통해 자기 자신을 쓰다듬고 있는 것이다

샹폴

우리의 몸짓이 상대를 위한다지만, 자신을 위할 때가 많아요
득실을 따지기 전에 그냥 바라보고 웃고 품어 볼게요
하늘하늘 펄럭이는 원피스처럼

작가들의 남다른 고양이 사랑

고양이에 대한 애착은 어디서 올까?

어디선가 울리는 희미한 선율처럼 사뿐사뿐 걷는 아름다움,
사자같은 의연함,
매력적인 눈에서 뿜어져 나오는 압도적인 존재감
부드러운 침묵과 독립적인 외로움
고양이 집사들에게 고양이의 매혹은 셀 수 없이 많아라

서양 역사에서, 검은 고양이는 악마의 상징이나 흉조로 여겼고, 다른 문화권에서는 길조로 여겼다. 에덴의 동산에서 처음 고양이 수염을 발견한 후, 사람은 고양이와 신비스런 사이가 되었다 한다. 고양이에 대한 각별한 문화를 가진 나라는 고대 이집트였다. 질병과 악령을 막아주는 존재였던 고양이 여신인 바스테트를 가졌다. 이집트 사람들은 고양이가 죽으면 눈썹을 밀고 애도했다. 19세기 말 고고학자들이 바스테트 신전을 발굴한 때 출토물중에 30만구가 넘는 고양이들은 권력자가 죽을 때마다 순장한 것이다.

고양이를 사랑한 작가 예술가들은 무척 많다. 에드거 앨런 포 Edgar Allen Poe의 1843년에 발표된 소설 『검은 고양이 The black cat』는 19세기 파리의 카바레 이름 "검은 고양이 Le chat Noir"이었다. 영국의 일부 속설에 검은 고양이는 행운을 상징하는 동물로도 여겼다.

150년 전 두 화가의 고양이 그림들을 나는 기억한다. 고양이를 전문적으로 그렸던 화가 헨리에뜨 로너닙과 루이스 웨인을. 로너닙이 그린 고양이는 꿈꾸듯 부드러운 빛이 스며있다. 루이스 웨인은 영국의 미술가로, 의인화한 큰 눈의 고양이를 꾸준히 그렸다. 루이스는 20세에 아버지의 죽음으로 가장이 되어 가족을 책임졌다. 23세에 10세 연상의 에밀리와 결혼했고, 그녀는 결혼 3년차 유방암에 걸렸다. 어느 비내리는 날 밤, 두 부부는 고양이 새끼 울음소리를 듣고 집으로 데려와 길렀다. 고양이로 인해 아내가 큰 위로를 받자 루이스는 고양이를 그리기 시작했다. 아내는 정감 있고 유머스런 고양이그림을 팔라고 적극 권했다. 아내 사후에 웨인의 그림은 대단한 인기를 끌었다. 당시 영국은 고양이 기르기 붐이 있었고, 그의 그림은 유명 일간지에서 앞 다투어 다룰 만치 대단했다. 하지만 루이스는 사업능력이 없어 그 많은 그림의 저작권을 못 챙겨, 오히려 빚이 쌓여갔다. 착하고 수줍었던 루이스는 나이가 들수록 망상에 시달렸고 변덕스러워졌다. 64세때 스스로 정신병원에 입원, 생애 마지막까지 산 15년은 모든 빚과 가족책임에서 벗어난 무척 평온한 시기로 그림만 그렸다. 루이스 병명은 조현병으로 추측되며. 가장 큰 증상은 망상이었다. 작품 연도는 정확치 않고 많이 그리면 한 해동안 수 백장의 고양이를 그렸다.

헨리에뜨 로너닙

153

A Fine Swing.

THE NAUGHTY POSS

루이스 웨인

헤밍웨이는 30마리 고양이를 키웠다. 그 고양이들 중에 발가락이 6개인 다지증 고양이 "스노우 볼"이 맘껏 뛰놀게 마당을 고칠 정도였다. 1961년 그가 자살한 후 박물관이 된 그의 생가에 지금 60마리 고양이가 산다는데, 스노우볼 후손들이 유난히 많아 "헤밍웨이 고양이"라고 불려지고 있다. 윈스턴 처칠의 집에도 그들이 키웠던 고양이들의 후손들이 있고, 윌리엄 S. 버로스와 앤디 워홀도 고양이를 사랑했다. T.S 엘리엇도 열렬한 고양이 사랑으로 대단했다. 1938년『황무지』로 유명하지만, 이 시인은 고양이의 정신과 사회에 대한 시집으로『지혜로운 고양이가 되기 위한 지침서 The Old Possum 's Book of Practical Cats』가 있다. 이는 유명한 뮤지컬 <캣츠>의 원작이기도 하다. '포썸 아저씨'는 에즈라 파운드가 그에게 붙인 별명이고, 그 이름을 따서 제목을 붙였다.

헨리에뜨 로너닙, 루이스 웨인, 보들레르
구스타프 클림트, 피카소, 마티스
에드거 앨런 포우, 라이너 마리아 릴케, 헤르만 헤세, TS 엘리엇

프랑수와즈 사강은 18세 때 6주 만에 써서 전 세계 베스트셀러가 되었고, 프랑스 문예비평상을 탄 『슬픔이여 안녕』으로 유명하며, 그녀는 평생 고양이와 함께 했다. 그리고 마크 트웨인은 살아있는 것 중 가장 깨끗하고, 똑똑하고, 내가 사랑하는 게 고양이라 말했다. 그는 스무 마리에 가까운 고양이를 키웠다. 세계적으로 유명한 동화 『장화신은 고양이』와 『이상한 나라의 엘리스』는 고양이를 사랑스런 존재로 바꿨으며, 나쓰메 소세키의 『나는 고양이로소이다』는 잡지 발표와 동시에 열광적인 반응으로 최고의 스테디셀러가 되었다.

도리스 레싱은 "고양이는 우아한 공기 흐름의 표상"이라 말했다. 일본작가 다니자키 준이치로, 앤디 워홀, 프레디 머큐리, 대가인 화가 구스트프 클림트, 피카소, 마티스와, 미국의 시인이자 소설가인 찰스 부코스키, 무라카미 하루키까지 고양이를 애착했다. 그 애착 정도는 잘 모르겠으나 시인 보들레르, 릴케의 고양이 시가 있다.

우리나라에서 조선 후기 화가 변상벽의 고양이 그림은 시대를 너머 현대인들과도 가깝게 한다. 일제 강점기에 음독자살한 시인 이장희의 "봄은 고양이로소이다"가 따스한 울림을 준다.

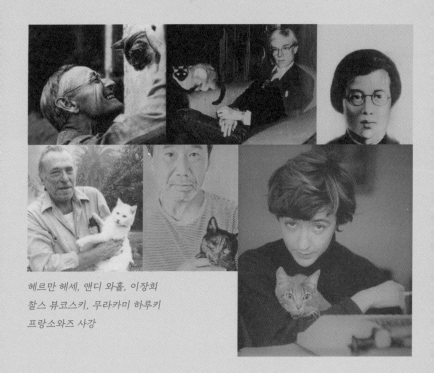

헤르만 헤세, 앤디 와홀, 이장희
찰스 뷰코스키, 무라카미 하루키
프랑소와즈 사강

고양이를 사랑한 시인들의 시편들

방랑의 길에서

- 크눌프를 생각하며

헤르만 헤세

슬퍼하지 마라 곧 밤이 오고,
밤이 오면 우리는 창백한 들판 위에
차가운 달이 남몰래 웃는 것을 바라보며
서로의 손을 잡고 쉬게 되겠지

슬퍼하지 마라 곧 때가 오고,
때가 오면 쉴 테니 우리의 작은 십자가 두 개
환한 길가에 서 있을지니
비가 오고 눈이 오고

고양이

샤를 보들레르

오너라, 내 예쁜 나비야, 사랑에 빠진 내 가슴 위로
발톱일랑 감추고
금속과 마노 섞인 네 눈 속에
나를 푹 잠기게 하렴

내 손가락이 네 머리와 부드러운 등을
천천히 어루만지며
내 손이 전율을 일으키는 네 몸을
만지며 즐거움에 취해들 때,

마음속에서 내 아내를 본다 그녀 눈매는
사랑스런 짐승, 네 눈처럼
그윽하고 차가워 던져진 창처럼 뚫고,

발끝에서 머리끝까지
미묘한 기운, 위험한 향기
그녀 갈색 몸 위로 감돈다

검은 고양이

라이너 마리아 릴케

불현듯 눈을 뜨고
그대의 얼굴을 쳐다보면
그대는 다시 돌처럼 굳은
둥근 눈망울이 뿜는 암브라 향기 속에서
이미 죽어버린 한 마리 곤충처럼
밀폐된 단절을 만날 것이리라,

그대의 눈길이 날카롭게 닿는 곳에
유령이라도 있는 듯
그러나 거기 그 검은 피부를 보고
그대의 강렬한 시선도 수그러지고 마네

그 검은 모습으로
미친 듯 날뛸 때면 돌연
그 숨막히는 작은 방의 의자 옆에서
증발하듯 사라지네,
고양이는 부딪치던 눈길을 슬그머니
감추려 하네,
매섭고도 예민한 시선을 던지다가
스스로 잠으로 빠져드네

고양이

기타하라 하쿠슈

여름 햇살 속에 푸른 고양이
가볍게 안으면 손이 가려워
털이 움직이면 내 마음
감기 든 듯이 몸도 달아올라

마법사인지, 금빛 눈의
깊이 떨리는 두려움
던져 떨어뜨리면 사뿐히
초록빛 땀방울 변함없이 빛나네

이런 햇살속에
보이지 않는 기운이 숨어 있네
온몸 털 바짝 세우고
보리알 향기에 무얼 노리는지

여름 햇살 속 푸른 고양이
볼에 비비니 아름다워,
깊고 그윽하고 겁이 나게
차라리 죽을 때까지 껴안으리

고양이

하기와라 사쿠타로

새까만 고양이가 두 마리,
나른한 밤 지붕 위에,
쭉 세운 꼬리 끝으로,
실 같은 초승달이 희미하다
"야오옹, 안녕하시오"
"야오옹, 안녕하세요"
"야오오, 야오오, 야오오"
"야아오옹, 이 집 주인은 아파요."

봄은 고양이로다

이장희

꽃가루와 같이 부드러운 고양이의 털에
고운 봄의 향기가 어리우도다

금방울과 같이 호동그란 고양이의 눈에
미친 봄의 불길이 흐르도다

고요히 다물은 고양이의 입술에
포근한 봄 졸음이 떠돌아라

날카롭게 쭉 뻗은 고양이의 수염에
푸른 봄의 생기가 뛰놀아라

고양이와 닿으면

신현림

당신은 고양이의 말을 알아 듣는다
고양이도 당신의 말을 알아듣는다
부드럽게 서로를 비추며 길을 간다

어디든 몸을 구부려 빠져 나오는
고양이를 보며 당신은 빨려들고
험한 어디든 빠져나갈 용기를 얻는다

누구와 닿든 인생이 기묘한데
당신이 고양이와 닿으면
비단실보다 부드러워져
어디든 훨훨 날아다닌다

그립지만 만날 수 없는 이
좋아했지만 전하지 못한 말
아쉽고 슬퍼져서
먹구름을 안고 산 때가 많았어요

이렇게 행복이 가까이 있었다니
함께 해서 고마웠어요
당신이 책을 넘기는 소리가
달콤했어요
또 만나요

깨달은 고양이

1판 2쇄 인쇄	2018년 9월 23일
1판 2쇄 발행	2018년 9월 27일
글 · 그림 · 사진	신현림
펴낸이	신현림
펴낸곳	도서출판 사과꽃
	서울 종로구 옥인길74 (3-31)
이메일	abrosa@hanmail.net
페이스북 페이지	@7abrosa
인스타그램	@hyunrim_poetphotographer
전화	010-9900-4359
등록번호	101-91-32569
등록일	2012년 8월 27일
편집진행	사과꽃
아트 디렉터	신현림
디자인	강지우
	류수진 와이앤디/포토 스토리
인쇄	신도인쇄사
ISBN	979-11-88956-06-7
CIP	2018028604

값 13,800원

이 책의 판권은 신현림과 도서출판 사과꽃에 있습니다.
작품 이미지 저작권 연락이 안 닿은 경우 조치하며, 양해 구합니다.